KB197825

Catherine Rahier POÈMES
Promenade au-delà
de la Mer Orientale

카트린 라이에 시집
동해 너머로의 산책

À celui qui le premier a regardé mes yeux
Que j'ai doucement oublié après l'avoir
finalement laissé partir,
À mes trois bonheurs, mes trois amours,
mes trois étincelles,
Pour m'avoir donné l'envie, la passion,
le courage aussi de devenir celle
que j'avais tant rêvée d'être
Recueil d'un infini qui jamais ne s'arrête et vous emporte au
gré des rencontres et des chemins
Je vous aime...

처음으로 내 눈을 바라본 사람에게
마침내 떠나보낸 후 조금씩 잊혀진 그 사람에게
내 세 가지 행복, 내 세 가지 사랑,
내 세 가지 불꽃에게
내게 갈망, 열정을 주고 내가 항상 꿈꾸던
그런 사람이 될 수 있는 용기를 준 당신에게
멈춤 없이 이어져와 수많은 만남과 수많은 길을 따라
마침내 나를 데려온 그 열정으로부터 태어난 시집
당신, 사랑합니다

Table des matières

Préface

Plusieurs années passées, je rencontrais une jeune femme qui allait devenir mon professeur de violoncelle. Son instrument, la musique étaient toute sa vie. J'ai le vif souvenir de l'impression que cela a eu sur moi. Quelle chance avait-elle eue de pouvoir vivre de sa passion...

Il y a ceux, comme elle, qui réalisent ce rêve ardemment désiré. Il y a ceux qui s'en découvrent un le long de la route qu'ils décident d'emprunter. Puis enfin, il y a ceux, qui n'ont jamais eu d'idée précise sur ce qu'ils désiraient réussir ou qui ont abandonné en cours de route. Les aléas de la vie les ont parfois poussé à choisir une autre voie, souvent synonyme de plus de sécurité, ou bien encore, des obstacles infranchissables ont broyé leurs chances de réussite.

Mon rêve d'écrire a suivi ce même chemin tortueux.

Mes voiles se sont repliées en touchant terre en Corée du Sud. À la découverte d'une culture inconnue, d'un peuple à l'identité et aux traditions millénaires, de paysages où les villes s'endorment au creux des montagnes ou bien au flanc de côtes sinueuses, je me suis à nouveau sentie vivante. Mon coeur s'est une nouvelle fois senti prêt à s'échapper par l'intermédiaire d'une plume.

Ce recueil est un hommage appuyé à ce pays qui tient dorénavant une place particulière dans ma vie. Il relate l'abandon forcé, la recherche de réponses, puis la renaissance. Il parle aussi d'universalité.

En espérant que ce voyage à travers les mots vous donne l'envie d'y aller replier un jour vos voiles.

서문

몇 해 전, 장차 나의 첼로 선생님이 될 한 젊은 여성을 만났습니다. 그녀의 악기와 음악은 그녀 인생의 모든 것이었습니다. 그 당시에 내가 받은 인상은 지금까지도 생생하게 내게 남아 있습니다. 자신의 열정을 지니고 살 수 있었던 그녀는 참으로 복이 많은 사람이었습니다.

그녀처럼, 자신이 열렬히 바라던 꿈을 이루어내는 사람들이 있습니다. 자신이 선택해서 걷는 길을 따라가다가 본인의 꿈을 발견하는 사람들도 있습니다. 그리고 마지막으로, 무엇을 이루고 싶은지에 대해 정확한 생각을 한 번도 가져본 적이 없거나, 도중에 꿈을 포기하는 사람들도 있습니다. 때때로 삶의 불확실성은 이들로 하여금 또 다른 길을 선택하도록 이끌었고, 그것은 흔히 보다 안전한 길만을 선택하는 것과 동일한 의미입니다. 때로는 극복할 수 없는 장애물들이 이들이 성공할 기회를 망가뜨리기도 했습니다.

글쓰기에 대한 나의 간절한 꿈은 이 구불구불한 길을 따라왔습니다.

내 항해의 돛은 대한민국 땅에 닿으면서 날개를 접었습니다. 미지의 문화, 정체성과 수천 년의 전통을 지닌 민족, 도시들이 산들의 품속이나 구불거리는 해안가에서 잠드는 풍경을 발견하고서, 나는 다시 한번 살아 있음을 느꼈습니다. 나의 마음은 다시 한번, 펜을 통해서 날개를 퍼득일 준비가 됐음을 느꼈습니다.

이 시집은 이제 내 삶 속에 특별한 자리를 차지하는 이 나라에 대한 진심어린 경의입니다. 이 시집은 어쩔 수 없는 포기, 대답을 찾는 여정, 그리고 재탄생에 관한 이야기입니다. 이 시집은 또한 보편성에 관한 이야기이기도 합니다.

이 글을 통한 여행이, 당신에게 언젠가 당신의 닻을 접고 새로운 항해를 하고 싶은 마음을 가지게 해드리기를 바랍니다.

Mots de remerciement

La version coréenne de ces poèmes n'aurait pas été possible sans l'aide et le talent de mon amie Kim Myoung Suk. Traduire un ouvrage est un travail ardu et c'est d'autant plus vrai lorsque l'on tente la traduction de poésie. Le mot-à-mot ne peut y exister.

Il n'est pas ici question d'une simple concordance de termes, de structure grammaticale et de respect de ponctuation. On parle ici de sentiments, de résonnance, de délicatesse, de ressenti.
Retransmettre l'invisible.

Il a fallu de nombreuses heures de concertation et d'explications pour permettre à Myoung Suk de dessiner mes cursives dans la langue coréenne tant elle souhaitait ne pas trahir mon écriture.

Eternellement reconnaissante pour ton travail, ta gentillesse et ton amitié Claire.

감사의 말

이 시집의 한국어 번역은 제 친구 김명숙(클레어) 씨의 도움과 재능이 없었다면 불가능했을 것입니다. 책을 번역하는 것은 어려운 일이고, 시를 번역할 때는 더욱 그렇습니다. 단어 하나하나를 번역하는 것은 불가능합니다.

단순히 용어, 문법 구조, 문장 부호를 맞추는 문제가 아닙니다. 감정, 공명, 섬세함, 감각에 대해 이야기하고 있습니다. 이처럼 시 번역은 보이지 않는 의미를 전달해야 합니다.

제가 쓴 원문을 최대한 살리려는 명숙 씨를 위해 많은 논의와 설명이 필요했습니다. 클레어, 당신의 작업과 친절, 우정에 영원히 감사합니다.

L'instant

Alors je fermais les yeux
Paupières inondées de la lumière du ciel,
éclat de soleil, puis soudain, la pénombre
Au gré du lent voyage des nuages vagabonds,
petits moutons craintifs jaillissant de l'eau,
mariaient l'écume dans un ressac fragile
Le sable était si doux

Voiles animées harcelant les courants,
semblant toucher l'espace,
répondant aux vagues, annonçant leurs ballets
Puis l'avancée des flots,
clapotis envoûtants appelant au voyage
Moment d'éternité
Le temps s'arrête-t-il quand le souffle s'efface?
Il faut partir...

순간

눈을 감았습니다
눈꺼풀이 하늘의 빛으로 가득 차고
태양의 빛남, 그리고 갑자기 찾아오는 어슴푸레한 빛
이리저리 떠도는 구름의 느린 여정을 따라서
물속에서 주저주저 올라오는 작은 양떼들이
되돌아오는 약한 파도 속에 거품과 어우러졌습니다
모래는 너무나 부드러웠습니다

활기찬 날갯짓은 기류를 방해하고
하늘에 닿을 듯
파도에 응답하며 그들의 발레춤을 예고했습니다
곧이어 물결의 나아감
매혹적으로 찰랑거리는 물소리는 여행을 부추깁니다
영원의 찰나
숨이 사라질 때 시간이 멈추는 것일까요
이제 떠나야만 합니다

Écume

Les premiers promeneurs s'affairaient
à détruire la magie du moment
Je n'aimais pas leurs voix
Je n'aimais pas leurs pas
Ils brisaient mon silence
Mes jolis cerfs-volants reprenaient leur envol
et criaient à qui voulait comprendre qu'eux aussi, abhorraient
leurs présences irritantes

Alors je m'asseyais et enlevais
doucement le sable de mon dos
Il regardait la mer et fixait l'horizon,
finissant de souffler ces volutes assassines
Puis, il se tournait et me souriait serein
Et la lumière des vagues
se fixait dans ses yeux
Il me tendait la main
et nous marchions tous deux
en haut des dunes immenses
Le temps reprenait lentement son envol
et broyait mon enfance

물거품

일찍 나온 산책자들은 분주하게도 그 시간의 마법을
깨트렸습니다
난 그들의 목소리가 싫었습니다
그들의 발걸음도 싫었습니다
그들은 나의 침묵을 부수어 버렸습니다
나의 예쁜 연들이 다시 하늘로 날아올라
그들의 심정을 이해할 사람에게 소리쳤습니다
그들 역시 산책자들의 성가신 존재를 참지 못했습니다

그때 나는 앉아서 내 등에 묻은 모래를 부드럽게 털어내고 있었습니다
그 남자는 바다를 바라보며 지평선을 응시했습니다
그 치명적인 뭉게구름을 불어내기를 그만두고
곧 그는 몸을 돌려 나를 바라보며 차분히 미소 지었습니다
그리고 파도의 빛이 그의 눈 속에 맺혔습니다
그는 나에게 손을 내밀었고
우리 둘은 함께 거대한 모래언덕 위를 걸었습니다
시간은 다시 천천히 날개를 펼쳐 날아오르기 시작했고
내 어린 시절은 산산조각 났습니다

Pourtant

Il a été perdu avec l'enfance le goût des rêves
Ceux qui imaginaient envahir le monde de poésie
Ceux, absorbés par le néant, qui aspiraient
à devenir un ménestrel des Lettres

Il n'a fallu que quelques années pour tout emporter
une particule d'éternité
Jamais le temps, jamais l'argent, jamais l'envie
Soudainement le vol s'est affaissé et ne reste au sol
qu'un utopisme terni par le manque de souffle

Plus de désir, plus de passion, plus de raison
Elle devait écrire ; on le lui avait dit...

L'écriture éphémère d'une mémoire des sens
Un baiser, une main, blottie au creux du cou
Des rires, des fêtes d'enfants que l'on ne peut jamais regretter

Pourtant... ce silence...
La plume qui jamais ne s'enfuit
restant là, interdite, arrimée sur la feuille

Sera-t-il temps un jour d'échapper à cette peine
et de laisser courir des mots
si longtemps refoulés

Pourquoi conserver cette futile étincelle cherchant
désespérément à ignorer les courants
mais sans jamais oser au moins connaître une fois
un simple commencement?

Un jour peut-être ... peut-être,
la peur des jugements
de cette autre blafarde d'avoir tant attendue
doucement éthérée par un premier poème
la laissera s'élancer

하지만

꿈을 꾸는 맛은 어린 시절과 함께 사라졌습니다
그 꿈들은 세상을 시로 뒤덮는 것을 상상했고
허무가 빨아들여 버린 그 꿈들은
음유시인이 되기를 원했습니다

모든 것을 휩쓸어 가는 데는 몇 년밖에 걸리지 않았습니다
영원의 한 입자
시간도, 돈도, 선망도 없었습니다
갑자기 비행은 침강했고, 땅에 남은 것은 오로지 바람 부족으로 추락한
유토피즘뿐이었습니다

더 이상 욕망도, 열정도, 목표도 없어졌습니다
그녀는 글을 써야 하는 사람이라고, 사람들이 예전에 그녀에게 말했지요

감각의 기억에서 나오는 일시적인 글
키스, 패인 목덜미를 껴안는 손
웃음소리, 결코 후회할 수 없는 아이들의 축제들

하지만... 이 침묵...
결코 달아나지 않는 펜은
그 자리에 남아, 금지된 채, 종이 위에 붙들려 있었습니다

언젠가는 이 고통에서 벗어날 날이 올까요
그리하여 그토록 오랫동안 억눌려진
말들이 마음껏 흘러나올 수 있게 될까요

왜 이 하찮은 불꽃을 간직하며
필사적으로 흐름을 무시하려고 애쓰면서도
단 한 번 간단한 시도라도 해보려고 하지 않았을까요

아마도 언젠가... 아마도
그토록 오래 기다려 온 이 다른 창백한 여인*의
평가에 대한 두려움이
첫 시에 의해 천천히 사라져
그녀가 자유롭게 뛰어들 수 있을 날이 오겠지요

* blafarde : 'elle(그녀)'와 동일한 존재. 마치 그녀가 거울 속을 쳐다보면 그 속에 병든 유령 같은 모습으로 시도를 겁내고 있는 자신의 모습을 가리키는 것.

Attente

Les doigts ont frôlé fragilement
le laiton de la crémone
La porte a murmuré pour laisser le passage et la brise
a déchiré l'espace
Combien de prières, combien d'attente
et toujours ce néant
M'entends-tu?

La clarté a fait voler les ombres
et s'est posée aux pieds du marbre
entouré d'étincelles scintillantes
et fragiles
un visage abaissé, apaisé
et tranquille
M'entends-tu?

Une attente éternelle
mais la vie est humaine
Combien de temps encore à attendre
l'impossible?

Les grains de poussière s'envolent
en tourbillons volages
M'entends-tu?

Les vitraux soudain s'animent
et racontent leurs histoires
Il faudrait y trouver une subtile vérité
Être à l'écoute d'un chuchotement
Mais toi? M'entends-tu?

Le soleil taquin joue au travers des bancs
mais aucune chaleur n'arrête finalement
ces inutiles perles d'eau qui ruissellent soudain
M'entends-tu?

Puis la douceur de sa main
enfantine, satinée
Un battement plus bruyant
que celui qui précède
Pourquoi attendre?
Tu n'as rien entendu...

Les pas s'éloignent alors du marbre
éteint et froid
Puis sa petite voix fluette chuchote au creux des pas feutrés

Tu entends?

Ils chantent... Pourquoi pleures-tu?
Ils chantent!
Et le souffle des mouvements d'ailes
pousse le laiton de la crémone

Je t'ai, moi, enfin entendu

기다림

손가락들이 정문 황동 손잡이 위를
불안하게 스쳤습니다
문은 사람이 지나가면 삐걱거리는 소리를 냈고
바람이 공간을 가르며 지나갔습니다
얼마나 많은 기도들, 얼마나 많은 기다림
그리고 언제나 이 공허함
내 말 들리나요?

　　빛은 그림자를 쫓아내고
　　섬세하게 반짝이는 광채에 둘러싸인
　　대리석 발등 위에 내려앉았습니다
　　고요하고 평온한 고개 숙인 얼굴
　　내 말 들리나요?

영원한 기다림
하지만 삶은 인간적인 것입니다
얼마나 많은 시간을 더 기다려야 할까요
그 불가능함을?
먼지 알갱이들이
변덕스러운 회오리바람이 되어 날아오릅니다
내 말 들리나요?

스테인드 글라스가 갑자기 살아 움직이며
그들의 이야기를 들려줍니다
미묘한 진실을 여기에서 찾아야겠습니다
속삭임에 귀 기울이고
그런데 당신은? 내 말 들리나요?

장난기 넘치는 태양이 벤치들 사이로 장난을 칩니다
하지만 그 어떤 더위도 갑자기 흘러내리는
이 쓸데없는 눈물방울들을 끝내 막지 못합니다
내 말 들리나요?

그 후에 아이같이 윤기 나는
그의 손의 부드러움
이전보다 더 크게 울리는
심장의 고동소리
왜 기다려야 합니까?
당신은 아무것도 못 들었어요...

발걸음은 그렇게 어둡고 차가운 대리석으로부터 멀어집니다
그리고 나서 그의 작고 가냘픈 목소리가
희미한 발소리 사이로 속삭입니다
들리나요?

그들은 노래해요... 왜 당신은 울고 있나요?
그들이 노래하고 있어요!
그리고 퍼득이는 날갯짓에서 나오는 바람이
문 손잡이의 황동을 밀어냅니다

내가, 드디어 당신 목소리를 들었어요

Hiver

Le temps s'est arrêté au-dessus de l'eau vive
Plus un ruissellement ; un silence feutré
Quelques pas trottinant sur les trottoirs glacés
La lumière blafarde s'éteint, agonisante

Personne n'a remarqué le scintillement secret,
des nymphes aquatiques cachées dans les reflets
du cours d'eau moribond
La vie est endormie mais vos pas, à eux seuls,
cachent le coeur battant des flots à l'agonie

Elles nagent toujours plus vite
pour atteindre les bois
et au-dessous du pont écoutent votre voix
que vous cachez pressés, dans vos cols serrés
Demain peut-être alors, prêtant un peu l'oreille,
vous pourrez les entendre
Au travers du miroir de la rivière gelée

겨울

흐르는 시냇물 위로 시간이 멈췄습니다
더 이상 물은 흐르지 않고, 가라앉은 침묵뿐
얼어붙은 보도 위를 몇 걸음 발자국 소리가 울리고
창백한 빛이 서서히 꺼져갑니다

아무도 죽어가는 시내의 반영 속에 감추어진
물의 요정들의 비밀스러운 반짝임을 알아채지
못했습니다
생명은 잠들어 있지만, 당신의 발걸음만이
임종을 맞은 물결의 펄떡이는 심장의 소리를 감춥니다

그녀들은 숲에 다다를 때까지 언제나 더 빨리 헤엄칩니다
그리고 다리 아래에서 당신의 목소리를 듣습니다
꼭 여민 목깃 속에 당신이 급히 숨긴 그 목소리를
아마도 내일은 조금 더 귀를 기울이면
얼어붙은 강의 거울을 통해
그녀들의 목소리를 들을 수 있을 겁니다

Promenade au-delà de la Mer Orientale

Je m'abreuverai du vent, du bruit des flots sauvages,
du clapotis des perles de la pluie

Je marcherai paisible sur les sentiers cachés,
au détour des couleurs saisonnières

Je remplirai mes yeux
de palais inconnus,
de tours étincelantes,
de jardins millénaires,
de nouveaux visages
devenant familiers

Je nourrirai mon âme
de l'érit de ces autres
pour qu'ils me racontent
encore ces histoires du passé

J'éouterai enfin, sans jamais me lasser,
les battements de ce coeur m'ayant apprivoisé

Et si venait un jour que cette mer s'assèhe
j'y verserai mes larmes pour pouvoir continuer

동해 너머로의 산책

나는 바람과 거친 파도소리, 내리는 빗방울 소리로
제 목을 흠뻑 축일 것입니다

나는 가을 색조로 물든 모퉁이를 돌아
감춰진 오솔길을 따라서 편안히 걸을 것입니다

나는 두 눈 가득히 미지의 궁궐들과 눈부신 탑들,
천년을 지나온 정원들로 채울 것입니다

이제는 친근해진 새로운 얼굴들
나의 영혼을 이 타인들의 글로 살찌울 것입니다

그리하여 그들이 다시 한번 이 과거 이야기들을 내게 들려줄 수 있게

마침내 나는 지치지 않고 계속 들을 것입니다

나를 길들인 이 심장의 박동을
만약 언젠가 이 바다가 다 말라 버리는 날이 온다 해도

그치지 않고 계속할 수 있도록 내 눈물을 그 속에 쏟아부을 것입니다

Namsan

Lumière d'automne fragile
enveloppe de rubis les feuillages mourants
Le couchant affectionne les courbes de la cime
et l'on cherche dans la ville des repères inconnus

Le temps, infini, n'a pas de lieu ni d'âme
Saisons parcourant le monde
que rien ne peut interrompre

Haegum accompagne ma mélancolie
toi qui seul connais la couleur de mon coeur

남산

부드러운 가을 빛이
떨어지는 나뭇잎을 선홍색으로 감싸 줍니다
석양이 산봉우리의 곡선들 위로 다정스럽게 내려앉습니다
그리고 우리는 도시 속 낯선 장소들을 눈으로 살펴봅니다

시간은 무한대 속에서 장소를 가리지 않고 무심히
흘러갑니다
계절은 세상을 달리고
그 무엇도 멈추게 할 수 없습니다

해금의 선율이 나의 우수에 반주를 맞춰줍니다
오로지 당신만이 내 마음의 색깔을 알고 있습니다

Les murs de Changdeokgung

Mémoire du temps qui efface
l'espace d'un instant, un visage
éploré par la fin d'un amour condamné

Un souffle enveloppe cette nuit d'agonie
À demi étreintes, à demi murmuré
un sanglot étouffé ; poignardé dans son âme

Froissement d'un tissu, regard figé
Au-delà de l'éternité
il ne reste que la pierre

창덕궁의 벽들

가혹한 사랑의 종말로 눈물 짓는
얼굴을 한순간에 지우는
시간의 기억

어떤 숨결이 이 고통의 밤을 감싸고 있습니다
반쯤 눌려지고, 반쯤 속삭이는 듯
숨죽인 오열, 영혼에 비수가 꽂힌 채로

옷의 구김, 굳어진 시선
영원 저 너머
그 돌만 남아 있습니다

Prix fraternel

Les cris tapageurs des écoliers ont brisé le silence recueilli
de l'esplanade
Ribambelles d'oiseaux sauvageons,
se bousculent, s'agacent puis
s'enlacent, sourires aux lèvres
Libres...

À l'ombre de l'édifice imposant,
d'autres attendent sagement
le signal du départ
Ils observent parfois
les oriflammes inaltérées
ondoyant sous la brise
Mémoire fugace de ceux
qui reposent loin de leurs amours

Lui a peut-être vingt ans
Assis sur un banc,
le bruissement des fontaines
l'enveloppe paisiblement

Casquette militaire enfoncée,
brodequins et tenue immaculés,
il scrute son écran
Librement ...

Les oiseaux se sont envolés
Il ne reste soudain que le silence
Figés dans le bronze, ils s'entrelacent éernellement
Quel est celui qui sauve l'autre?
Il est temps de rêver
Libre

박애의 가치

초등학생들의 떠들어대는 소리가 광장의 고요한 침묵을
깨트렸습니다
야생 새떼의 행렬이
서로 떼밀고, 서로 귀찮게 굴다가는
서로 끌어안습니다. 입술에 미소를 띠우며
자유로운

웅장한 건물 그늘 아래에서, 또 다른 사람들은 차분히
출발 신호를 기다립니다
그들은 때때로 관찰합니다
미풍에 나부끼는 흠 없이 깨끗한 깃발을
사랑하는 사람들과 멀리 떨어져 안식을 취하고 있는
이들에 대한 덧없는 기억

그 사람은 아마 스무 살 정도일 겁니다
벤치에 앉아서
분수의 속삭임이 평화롭게 그를 감싸 줍니다
군인 모자를 깊이 눌러 쓰고, 얼룩 하나 없이 깨끗한 군화와
군복을 입은 그는 핸드폰 화면을 쳐다보고 있습니다
자유롭게

새들은 날아갔습니다
오로지 고요만이 남아 있습니다
청동 속에 굳은 채 그들은 영원히
서로를 부둥켜안고 있습니다
둘 중에 누가 다른 이를 구하고 있는
것일까요
이제 꿈꿀 시간이 되었습니다
자유로운

Lotus éphémère

Ils sont venus mourir sur les berges de l'étang asséché
Piétinée, déchirée, elle s'est endormie au milieu du carnage
S'est mêlée docilement à la terre inondée
du sang des disparus

La fureur humaine s'est lentement dissipée au rythme des
saisons

l'orphelin qui jadis avait dû fuir ailleurs
a construit sa maison au bord de l'étendue inerte
D'un talus, il délimite son rêve
D'un cours d'eau il détourne le cours
Et la fraîcheur soudaine, souvenir d'un autre temps
enveloppe son tégument, annonçant son retour

Quelques phases de lune encore ;
quelques matins tranquilles
Puis l'étang, à nouveau recouvert de verdure, revient à la vie

Cachée sous la surface, elle s'élance sur sa tige gracile

48

Ondulant sereinement au rythme des grenouilles
L'aube attentionnée s'apprête à l'accueillir
Puis lentement, lentement, elle déploie sa corolle

Étalant gracieusement ses pétales rosés
Au milieu d'un feuillage vert chatoyant
Elle décline sa couleur jusqu'à ce que celle-ci
Laisse sa place à une blancheur immaculée

Un nouvel arrivant érupte joyeusement
dans sa quiétude estivale
Sautillant, bondissant, ses rires cristallins emplissent le ciel
Offrant à la fleur la mémoire de ces enfants passés
Il approche sagement le bord de la berge
hypnotisé par l'efflorescence éthérée
Tendant au maximum son bras, les bouts de ses doigts
caressent doucement la fleur attendrie

Témoin malgré elle de la fuite du temps
elle lui conte alors avec avidité les tragédies,
les affrontements, les amours, les naissances aussi
qui tout comme sa propre résurrection reprend forme
au creux d'une graine oubliée
prennent un nouvel essor sur des terres ravagées

L'enfant, indifférent à ses confessions, s'éloigne alors flâneur
Le crépuscule allume les étoiles et la fleur
se replie méticuleusement
formant de nouveau un calice endormi
Blottie au fond de l'eau, elle attend patiemment
Le jour où elle contera à un nouvel enfant
ces histoires du passé

덧없는 연꽃

그들은 말라 버린 연못의 둑길 위에 와서 죽었습니다
짓밟히고, 찢겨진 채로 그녀는 학살의 한가운데서 잠이 들었습니다
사라진 자들의 피로 물든
그 땅속에 순순히 섞여졌습니다

인간의 광기는 계절의 흐름을 따라 천천히 흩어졌습니다

옛날에 멀리 도망가야만 했었던 고아가
돌아와 생기 없는 넓은 땅의 가장자리에 자기 집을 지었습니다
둑을 만들어 그의 꿈에 경계를 둘렀습니다
한 줄기의 물길로 그는 물의 방향을 바꿉니다
그리고 갑작스런 시원함, 예전의 추억이
그의 껍질을 감싸 주며 그가 돌아왔음을 알려줍니다

아직 몇 번의 달이 차고 지고, 몇 번의 평온한 아침이 지나고 나서
연못은 또다시 초록으로 덮이고, 되살아납니다

수면 아래 숨어, 그녀는 연약한 줄기를 힘차게 뻗쳐 올립니다
개구리들의 울음에 맞춰 평온하게 일렁이면서
다정한 새벽이 그녀를 맞이할 준비를 합니다
그 후, 그녀는 천천히 천천히 화관을 펼칩니다

영롱하게 빛나는 초록 잎사귀 하나, 그 중앙에
분홍빛 꽃잎들을 우아하게 펼치면서
얼룩 하나 없는 백색에게 자신의 자리를 내어줄 때까지
그녀는 자신의 색깔을 점점 잃어갑니다

한 새로운 방문자가 즐겁게 나타납니다. 여름철의 평온함 속으로
깡충깡충 뛰어오르면서 그의 맑은 웃음소리가 하늘을 가득 메웁니다
아이는 얌전하게 그 둑 가장자리로 다가갑니다
지극히 숭고한, 꽃이 피어 있는 모습을 보고 최면에 걸린 듯
팔을 최대한 뻗어 그의 손끝이, 감격에 겨운 꽃을 부드럽게 쓰다듬습니다

자신도 모르게 시간의 흐름을 목도해 온
그 꽃은 그래서 열심히 그에게 비극들, 대결들에 대해 얘기해 줍니다
그리고 탄생들에 대해서도
그것은 바로 잊혀진 한 톨의 씨앗으로부터 자신의 부활이
다시 이루어진 것과 같은 이야기인 것입니다
황폐해진 땅 위에서 새로운 비상을 합니다

아이는 그 고백에 관심 없이 느긋하게 멀어져 갑니다
황혼이 별들에 불을 켜고, 꽃은 세심히 안으로 접혀듭니다
또다시 잠든 꽃받침을 만드면서
물속 깊이 웅크린 채 꽃은 인내심을 가지고 기다립니다
새로운 아이에게 과거의 이야기를 들려줄 그날을

Beauté coréenne

Il est de ces visages qui suspendent l'instant
et que l'on voudrait pouvoir contempler encore,
le temps de quelques précieuses secondes
Mais immuablement, Chronos reprend son cours
Du haut de sa vingtaine, elle porte à elle seule
Toute la tradition d'un peuple millénaire

Samheuk a paré sa chevelure d'un fusain obsidienne
la courbe de l'arcade, d'éclats de tourmaline
mais l'on ne peut saisir son regard de jaspe
tant son visage s'incline, solennel, ravissant

Pour recouvrir ses lèvres,
Samhong lui a offert une fragile amarante

Yeonji est venu déposer sur l'ovale de ses joues,
puis au centre de son front,
deux cercles flamboyants, lui promettant bonheur

Les manches surdimensionnées de son Hwarot recouvrent
ses mains reposant sagement croisées
à hauteur de sa taille

L'exubérance des broderies martèle
le vertueux message
Toute la nature représentée annonce fidélité

Les papillons virevoltent, les oiseaux s'y élancent
Des pivoines épanouies en myriade s'étalent

Les phoenix lui prédisent une famille bénie
Plénitude, abondance et amour conjugal
ne connaîtront de fin
Impérativement il lui faudra offrir un échange
Mettre au monde l'héritier tant attendu

Soutenue par une femme sans âge
Elle avance pour rejoindre celui qui,
sera pour le reste de sa vie,
Son mari, son amant, probablement son maître

Nul échange de voeux, de promesses, de regards
Poupée muette, s'inclinant au rythme
des inflexions qu'on la guide à poser

Quelques minutes encore et les siècles
se sont soudainement étirés
Sur la place désertée, il ne reste qu'un décor
que l'on viendra ranger

Au milieu du même encadrement
par lequel elle était apparue,
la voici à nouveau, cellulaire à la main,
Une chemise ample et un jean délavé
habillent maintenant son corps gracile

Le visage se relève et ses yeux auparavant figés
transpercent l'espace
Elle me sourit nonchalamment
Il n'y a plus d'époux; il n'y a plus de maître

Seuls Samheuk et Samhong
continuent encore d'orner ma beauté coréenne
de ses plus beaux atours

한국 미인

이 얼굴들은 우리가, 그 순간이 멈추어
그 아름다움을 바라보고 싶은 그런 모습들입니다
단 몇 초의 시간이라도 더
하지만 크로노스는 변함없이 그의 시간의 흐름을 이어갑니다
이십 대 나이의 그녀의 어깨 위에 홀로
천년의 역사를 지닌 민족의 모든 전통을 짊어집니다

삼흑은 그녀의 머리카락을 흑요석 목탄으로
눈두덩이의 곡선에는 토르말린처럼 반짝이는 검은색으로 꾸몄습니다
하지만 그녀의 벽옥과 같은 시선을 붙잡을 수는 없었습니다
그녀의 얼굴은 푹 숙여집니다
엄숙하고 매혹적이게도

그녀의 입술을 감춰 주려고
삼흑은 가느다란 맨드라미 꽃을 건넸습니다

연지가 와서 그녀의 달걀같이 둥근 두 뺨 위에
그다음에는 이마 중앙에 행복을 기약하는
불꽃 같은 동그라미 두 개를 올려놓았습니다

그녀의 커다란 활옷 소맷자락은

배 위에 얌전히 겹쳐진 두 손을 덮습니다
화려한 자수 위에 고결한 뜻이 깊이 수놓아져 있습니다
거기에 표현된 모든 자연은 정조를 예고합니다

나비들이 이리저리 날아다니고 새들도 높이 솟아 오릅니다
활짝 핀 모란이 수없이 많이 펼쳐져 있습니다

봉황들은 그녀에게 축복받은 가정을 예고해 줍니다
충만함, 풍요로움, 부부애가
영원히 함께할 것이라고
그녀가 그 대신 꼭 해야만 할 것은
오랫동안 기다려온 자식을 세상에 내어 놓는 것입니다

나이를 가늠할 수 없는 여인의 부축을 받으면서
그녀는 그를 만나러 앞으로 나아갑니다
그녀의 남은 인생을 함께할
남편이자 애인, 아마도 그녀의 주인이 될지도 모르는 그를

그 어떤 서약도, 약속도, 시선도 교환하지 않은 채
남이 이끄는 대로 절의 리듬에 따라 자세를 취하며
몸을 숙이는 무언의 인형

몇 분이 더 지나고
갑자기 수세기가 늘어나 버렸습니다
텅 빈 광장에 오직 무대 장식만 남아 있습니다
누군가 와서 치워야 할

그녀가 등장했던
바로 그 배경을 통해
이제 그녀가 또다시 손에 휴대폰을 들고 나타납니다
헐렁한 셔츠와 색 바랜 청바지가
이제 그녀의 가느다란 몸에 어울립니다

그녀는 얼굴을 위로 들어올리고 이전에는 고정되었던 눈이
공간을 꿰뚫어봅니다
그녀는 내게 가벼운 미소를 보냅니다
남편도 주인도 이제 더 이상 없습니다

오직 삼흑과 삼홍만이 아직도 나의 한국 미인을
가장 아름다운 장식들로 꾸며줄 뿐입니다

Bouddha terracotta

Une chaleur étouffante a envahi la ville
Évitant le courroux des rayons assassins,
les passants accélèrent
Ombrelles à la main, les femmes impassibles papillonnent,
légères, dans leurs jupes de coton
Citadelle figée de cartons empilés,
son royaume entier s'étire sur un mètre
Immobile, momifié, Bouddha terracotta.

Ne dépasse d'une énorme parka d'hiver rouge
qu'un visage buriné, couleur de terre vitrifiée
On ne peut distinguer
ni les yeux, ni la bouche, filaments étirés
qui se dessinent à peine

Ne s'échappe aucun souffle, aucun geste
Il fixe apathique le mur le toisant
Que contemple-t-il à travers ces briques?
Rêve-t-il d'azur, de montagnes, de fraîcheur?
Mais, rêve-t-il encore?

Un matin comme un autre
il quittera son royaume
Sa citadelle fragile, décrépie,
dépeuplée
s'effacera sans bruit
et les passants pressés
n'auront aucun regard
pour ce mur orphelin

테라코타 부처

숨 막히는 더위가 도시를 뒤덮었습니다
살인적인 햇빛의 분노를 피해
행인들은 서둘러 걷습니다
양산을 손에 든 담담한 표정의 여자들은
면 치마를 입고서 나비처럼 가볍게 움직입니다
겹겹이 쌓아올린 종이 상자로 된 굳은 요새
그의 왕국 전체는 일 미터 크기입니다
움직이지도 않고, 미라같이 굳어진 테라코타 부처

커다란 붉은색 겨울 파카로부터
유약 바른 흙색깔의 주름진 얼굴만이 나와 있습니다
두 눈도, 입도 구별할 수 없습니다
간신히 드러나는 가느다란 필라멘트 같은 선

숨이 새어나가지 않은 채, 움직임도 없이
그는 건방지게 자신을 쳐다보는 그 벽에 무심히 시선을
못박고 있습니다
이 벽돌 너머로 그는 무엇을 생각하고 있는 것일까요?
그는 푸른 하늘, 산, 시원함을 꿈꾸고 있을까요?
하지만 아직도 그는 꿈을 꿀까요?

어느 평범한 아침
그는 자신의 왕국을 떠날 것입니다
그의 힘없고, 낡고
인적이 끊긴 요새는
소리 없이 지워질 것이며
바쁜 행인들은
이 고독한 벽에
아무런 눈길조차 주지 않을 것입니다

Frôlements

À l'heure où la cité lentement s'ensommeille,
les néons s'illuminent, invitant peut-être,
à la rencontre
Une luminescence tamisée y protège les secrets
Vocalises envoûtantes recouvrent les aveux
D'un geste machinal, ses doigts enserrent le cristal
et portent à ses lèvres le breuvage capiteux

    Il est entré nonchalamment

Ses sens s'enivrent soudainement
de la courbe de ce dos, délicatement frôlé d'une
chevelure couleur de nuit,
de cette bouche entrouverte
attirée par l'arôme tentateur
Puis, enfin, de ce regard félin, qui ne daignait lui offrir
quelques secondes plus tôt, aucune grâce

    Il s'assoit agile, sourire de Machiavel
    servant d'invitation

Elle discerne soudain les lignes angulaires
d'un visage sculpté,
les courbes de ce corps savamment épousées
sous un veston noir de jais
Puis, enfin, ce regard félin,
déclamant sans pudeur une indécente attirance

Quelques minutes encore et le jeu s'articule
Passes d'armes grisantes floutant les contours
du prédateur et de la conquête
Un rire arraché déploie l'échancrure convoitée
sur laquelle un index repousse une mèche égarée
La douceur engendre le geste, le geste,
à son tour, le désir
La nuit s'étire. Il faut cesser...

Galanterie oblige, il attend patiemment
la venue de celui qui doit l'emporter
Seulement les corps en décident autrement
À peine à nouveau frôlées,
voici que leurs mains se referment entrelacées
Dalnim invite au voyage...

가벼운 스침

도시가 천천히 잠에 빠져 들어가는 그 시간
네온 불빛은 밝게 빛납니다
그 어떤 만남으로 초대라도 하는 듯이
부드럽게 새어든 불빛이 이곳의 비밀을 지켜 줍니다
마음을 붙드는 가수의 노랫소리가 고백을 덮어 줍니다
무의식의 몸짓으로, 그녀의 손가락들이 크리스털 잔을 꼭 쥐고
독한 음료를 그 입술에 가져갑니다

　　　그 남자가 태연스럽게 들어왔습니다

그의 감각은 갑자기
밤의 색을 띤 머리카락이 부드럽게 스치는
이 등의 곡선
유혹적인 향기에 이끌려서
살짝 열린 입술에 매료됩니다
그리고 마침내, 잠시 전까지는 그에게 전혀 베풀지 않았던
그 고양이 같은 시선

몇 분만 더 지나면 게임이 펼쳐집니다
짜릿한 교환이 포식자와 먹잇감의
그는 능숙한 몸짓으로 자리에 앉습니다

마키아벨리의 미소가 초대장 역할을 합니다 그녀는 갑자기
조각 같은 얼굴의 각진 선들을 알아챕니다 그의 몸의 곡선이
칠흑빛 웃도리 아래 교묘하게 잘 어울립니다
그리고 마침내, 거리낌 없이
외설적인 매력을 발산하는
그 고양이 시선

몇 분 더 지나 게임은 명확해집니다
도취적인 설전이
포식자와 먹잇감의 경계를 흐릿하게 만듭니다
뿜어져 나오는 웃음으로, 탐스러운 움푹 패인 목선이 드러납니다
한 검지손가락이 그 위로 흩어진 머리카락을 뒤로 밀어냅니다
그 부드러움이 그 몸짓을 낳았고, 그 몸짓은
다시 욕망을 불러일으켰습니다
밤은 길어져 갑니다
끝을 내야만 합니다

예의상, 그는 인내심을 가지고
그녀를 태우고 갈 것이 도착하기를 기다립니다
단지 몸은 이와 다른 결정을 내립니다
그들의 손이 다시 한번 가볍게 스치자마자
서로 얽히며 꼭 잡습니다
달님이 그들을 여행으로 초대합니다

Lumières de la ville

La pluie enveloppe la ville

    Scooters équilibristes au ballet incessant
    sur les voies alignées

Parapluies multicolores illuminent le pavé mouillé

Jaune, mauve, rouge, lime, parterre de fleurs plastiques
    Néons engloutis dans le bruit de métal
    Chronométrés, rentrent-ils chez eux?
    Qui les attend?

Traversées synchronisées,
    volutes humaines entrecroisées

Un piéton égaré court en parallèle
furet agile bondissant au travers de l'espace compressé
Ombres des retardataires déambulent dans les étages
abandonnés

La courbe du massif enfumé par la brume
apparaît furtivement

Un appel à partir voir ce qu'il y a dans le lointain ...

도시의 불빛

도시에 비가 내린다

    줄지은 차선 위로
    끊임없이 춤을 추며 곡예를 부리는 스쿠터들

다채로운 우산들이 젖은 포장도로를 반짝이게 합니다

노란색, 보라색, 빨간색, 연두색, 플라스틱 꽃들이 핀 화단
네온사인들이 금속의 소음 속으로 삼켜집니다
저들은 맞춰진 시간에 따라 집을 가는 걸까요?
누가 저들을 기다리나요?

동시에 일어나는 통행들
서로 얽힌 인간들의 소용돌이

길 잃은 한 보행자가 평행으로 달립니다
민첩한 족제비가 빽빽한 공간을 가로질러 요리조리 뛰어갑니다
퇴근을 놓친 이들의 그림자들이
비어 있는 건물 층간 속에
서성입니다

안개로 가득 찬 산의 곡선이 슬며시 나타납니다
저 먼곳에 무엇이 있는지를 가서 보고 싶은 유혹

Page de couverture
Palais de Gyeongbok, étang du pavillon Gyeonghoeru, Séoul
서울 경복궁 경회루 연못

Pages 13 et 15
Plage de Gwangalli Beach, Busan
부산 광안리 해변

Pages 17 et 19
Plage du parc provincial de Gyeongpo, Gangneung
강릉 경포도립공원 해변

Pages 26 et 29
Cathédrale de Myeongdong, Séoul
서울 명동성당

Page 31
Lac Daechundangji, palais de Changgyeong, Séoul
서울 창경궁 대춘당지

Page 33
Parc de Cheongryong, Séoul
서울 청룡공원

Page 35
Vue de Songdo Sky Park, Busan
부산 송도 스카이파크 전망

Page 37
Plage du parc provincial de Gyeongpo, Gangneung
강릉 경포도립공원 해변

Pages 38 et 39
Parc de Namsan, Séoul
서울 남산공원

Pages 41 et 43
Palais de Changdeok, Séoul
서울 창덕궁

Pages 45 et 47
Statue des frères, Musée de la guerre, Séoul
서울 전쟁기념관 형제의 상

Pages 50 et 53
Lotus, temple de Bongwonsan, Séoul
서울 봉원사 사찰 연꽃

Pages 57 et 61
Reconstitution mariage traditionnel, Namsangol village Séoul
서울 남산골 한옥마을 전통혼례 재현

Pages 63 et 65
Buddha, Musée National de Corée, Séoul
서울 국립중앙박물관 불상

Pages 68 et 71
All that Jazz club, Itaewon, Séoul
서울 이태원 올 댓 재즈 클럽

Pages 73 et 75
Vue du quartier de Yongsan, Séoul
서울 용산구 전경

Catherine Rahier POÈMES
Promenade au-delà de la Mer Orientale

카트린 라이에 시집
동해 너머로의 산책

초판 1쇄 발행 2024년 12월 10일

지은이   카트린 라이에(Catherine Rahier)

펴낸곳   예술과마을
등록   2014년 3월 25일(제2014-000006호)
주소   38145 경상북도 경주시 북성로 80-11(동부동) 헤렌하우스 103호
전화   010-8030-6919
이메일   eulinjae@naver.com
제작   명지북프린팅
정가   10,000원

ISBN   979-11-91786-11-8   (03810)